JN438143

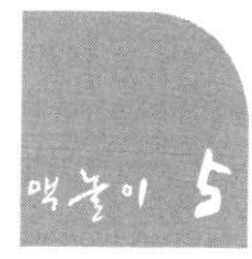

詩골길

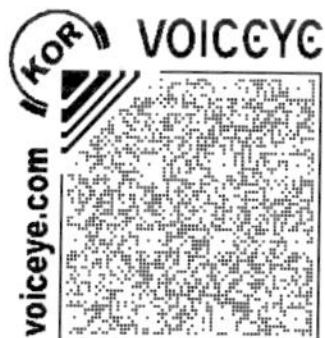

소리로 읽는 책

이 책에는 글을 읽을 수 없는 분들을 위한
점자 · 음성변환용코드가 양면페이지 우측 하단에 있습니다
별도의 시각장애인용 리더기 혹은 스마트폰 보이스아이 어플을 사용하여
즐거운 시 감상이 되기를 바랍니다
voiceye.com

맥놀이 5

시골길

2018년
맥놀이
제5집

맥놀이창작동인회

■여는글■

평화가 돌고 돌아 꽃피는 봄

'춘화현상' 은 저온을 거쳐야 꽃이 피는 현상입니다. 오월의 아스팔트 도심에서 보랏빛 라일락 향기를 맡는 것은 사치인지도 모릅니다. 매달 써온 두 편을 시평 하는 혹독한 5년을 견디었으니 맥놀이창작동인회 5집에서는 시를 읽는 분들에게도 라일락 향이 흠뻑 풍겼으면 좋겠습니다.

봄이 왔습니다. 공원의 마른땅에도 풀들이 자라고, 가지를 자른 플라타너스의 끝이 하늘을 움켜쥔 닭의 발 같이 힘차게 보입니다. 자라면 잘라내고 잘라내는 발톱마냥 맥놀이의 시는 매해를 그렇게 잘라내고 다듬으며 보냈습니다. 성장한 것 같아 보였지만 늘 고만한 높이에서 꿈지럭 꼼지락 거렸습니다. 문득 내려다보니 허리가 조금 더 굵어졌습니다. 매달 두들겨 맞다보니 맷집이 근육이 되어 있습니다. 성장하는 나무는 한 자리에 한 우물을 파며 성장합니다. 이제 맥놀이에게 필요한 것은, 햇살의 희망을 먹고 짙푸른 나뭇잎을 피우는 것입니다.

종(鐘)소리가 멀리 퍼지려면 종이 더 아파야 한다는 말이 있는데요. 휴전선에도 봄이 왔고, 계절도 돌고 돌아서 봄이 왔습니다. 시 쓰는 사람은 모두 시인입니다. 사랑과 진심어린 격려가 힘차게 성장하는 밑거름이 됩니다. 따듯한 응원 부탁드립니다. 감사합니다.

2018. 5. 26.

맥놀이창작동인회 회장 김 재 현

차 례

◆ 김 재 현

◆ 최 민 수

◆ 이 숙

◆ 전 용 숙

◆ 송 동 현

맥놀이

김재현

월간 《스토리문학》 동화 부문 등단
월간 《문학세계》 시 부문 등단
맥놀이창작동인 회장
사랑방시낭송회 회원

꽃구경 갈 필요 있나
와이프가 꽃이다

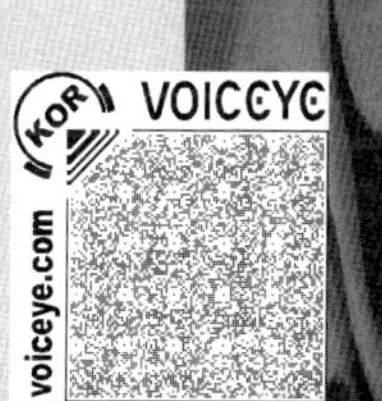

립스틱을 꽃에게 외 9편

김 재 현

노란 유채꽃 개나리가 피고
다시 벚꽃이 피고지고 목련
겨울을 이겨내고 살아서
가지마다 만개한 거예요
잔뜩 움츠렸던 꽃봉오리
팽팽하고 주름진 얼굴마다
하나 둘 빨간 립스틱 바르고
새 봄빛에 속살을 드러내요
립스틱에서 3월이 피어나
어디를 가더라도 꽃향기가 나요

생각전성시대

하루에 오만가지 일들 생각하는 동안
먼지는 습기를 잡아 안개와 구름을 만들고
구름 속 생각을 접고 펴고 열고 닫으며 그리는 데로
파란 머릿속에 강하게 부드럽게 흐리게 진하게 구름 농담
서랍을 열고 닫듯 구름 사이로 태양 한줄기 빛으로 보여줄 때
생각이 전성하여 마음이 흐리고 흐리지 않아서
하늘 파란 흰 구름위로 오만가지의 너 날아오른다

사막

사막에서는 햇살이 돌돌 말린다
알갱이들이 깎이고 비워지는 곳
먼지에서 온 사람이 있다
풀 한 포기 나지 못한 땅에서
알갱이로 구르고 굴렀다

이곳에서는 모두들 손등으로 통곡했다

수분이 날아가며 가시를 만든다
모래빌딩은 네모나고 각진 또 다른 사막
갑옷이 된 피부에 솜털 가시를 세우고
임시번호판을 단 초년생이 살 길 찾아
치열한 생존 터에 뿌리를 드민다

죄와 벌

사는 게 벌받는 거다
하나님 떠난 세상은 지옥이다
어두운 마을에서 눈뜨고 있어도
볼 수 없는 그 자리에서 벌 받는 거다
보이지 않는 것을 먹고 먹는데
상처 난 영혼이 찢어지고 아파도
치유할 약재료를 구할 수 없으니
들어먹을 것 없는 세상은 벌 받는 거다
그래서 외친다

아멘, 주 예수여 오시옵소서

영생 못해도 괜찮아!

"염색 못해도"를
"영생 못해도"로 알아듣고
깜짝 놀라는 나는
하나님 예수님의 전도자
염색은 안 해도 좋아
흰머리면 어때
하나님과 천국과 영생이
염색보다 좋아

2번2번 통조림에도 온기가 없다

통조림에 온기가 없어서…….

네모난 돼지가 들어있는 캔이 오리지널
닭 가슴살만 동그란 통에 넣어 오리지널
양념한 깻잎 차곡차곡 포개 있으니 오리지널
닥치는 대로 캔에 집어넣고 오리지널
그렇게 한 세상이 오리지널 캔에 갇혔다
캔 고리 잡아당길 때 수류탄 고리를 잡은 듯
긴장 초긴장하는 나를 보고 너는 말했다
한 번 정도는 앙탈을 부려봐야 하지 않나
출혈을 감당해야 오리지널이 열린다
깡통을 따는 순간이 속살 같은 진실이 드러나니

엄마의 마음, 엄마의 정성이라고 써놓았다

주의: 오리지널은 절단 부분이 포악하고 성질이 날카로우니 개봉 및 폐기詩 주의하여 주십시오.

그대가 들려요

당신 만났을 때 가슴 두근거렸죠 당신 만난 이후 밥 먹을 때도 당신을 커피를 마실 때도 당신을 잠을 자거나 심지어 아플 때도 당신을 바라보면 행복했어요 그대가 눈 감고 말이 없을 때 가슴 덜컹 내려앉았죠 이백이십 볼트의 전기 충격으로도 당신을 살리지는 못했어요 서로를 연결하는 교감이 사라지고 너무나 검은 네모를 바라보네요 오래 같이 지냈나봐요 전원이 꺼진 그대의 속삭임이 들리네요 새로운 인연 찾을 마음 안 생겨요 그러니 다시 눈을 떠봐요 이렇게 애타게 바라보며 오늘도 그대를 그리워해요 명문가에 태어난 당신

목숨 건 노래

암컷 부르면 포식자가 먼저와요
목숨 걸고 노래 불러야 해요
가시덤불에 숨어 그대를 불러요
노래 못하면 대가 끊겨요

노래 못해 장가 갈 수 없는 배짱
배짱배짱 배짱을 키워요
아름다운 노래에 피의 목숨 걸어요
당신도 그렇게 배짱을 키워요

어이 추워

언 입김 호호 불며

지나가는 모기 한 마리

어라!

두터운 내복 입었네

평화꽃 피는 봄

- 두 발로 가지 못할 곳은 없습니다

길을 걸었고 숲을 걸었고
산을 넘고 강을 건넜으며
전쟁의 상흔 너머 새로운 문화를 봅니다
마음과 마음이 모여 첫 발이 되고
평등한 권리로 땅을 디뎠습니다
남과 북이 왕래하는 세상
이념이 발목을 잡지 않는 세상

걷는 곳마다 머무는 곳마다 꽃이 피고
서로의 생각이 평화롭게 오갈 수 있는
사랑의 핵이 숨쉬는
아름다운 세상이 눈앞에 있습니다
붉은 땅 푸른 땅이 하나가 되었습니다
같은 언어는 서로 의지하며 갈 수 있도록
신이 준 선물입니다 이 평화는

맥놀이

최민수

1995년 《르네상스》지로 작품활동 시작
맥놀이창작동인회 회원
방송통신대학교 국어국문학과 재학 중

물음표와 느낌표가 바라보는 하루

2월 그 봄날 참 좋다 외 9편

최 민 수

땅속 그 딱딱한 세상
귀 기울여지는 아침
새 노래를 부르는 햇살이 말한다
참 좋다
참 좋다
몇 달을 참았던 개나리가 말한다
참 좋다
참 좋다
겨우내 흙발에 찍혀
시커먼 멍 자국이 된 그밤
지워내는 그 소리
참 좋다
참 좋다

발레리나의 기우제

어떻게 생겼는지
어떻게 살았는지
볼 수도 만질 수도 없는
그를 불러주소서
그를 불러주소서
깡마른 허수아비
갈라진 땅
그 속을 기어 다니는
땅벌레의 외침
축 처진 그늘
쥐똥나무 우산이
무겁다던 개미 한 마리
땅거미의 발레 슈즈

햇빛도 무겁다

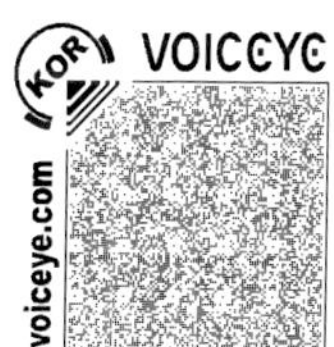

수평선

피와 몸이 분리되던 그 날
북동풍 불어오는 그 해변에 앉아
눈으로 그은 그리움의 끝 선
손가락 끝으로 가르친 그곳
다가왔다 밀려가는 기억

나의 조국 대한민국
내 이름 박열

집시 여행

내 가슴속을 떠도는 당신의 기억
창문에 부딪혀 굴절된 빛의 파편
바람결 허공에 날리는 민들레
뿌리박힌 전신주 전선의 이슬
어디로 갈지 모르는 세발자전거 바퀴
오늘도 갈 곳 정해지지 않은 내 마음
손을 떠난 종이비행기

그렇게 떠나갑니다

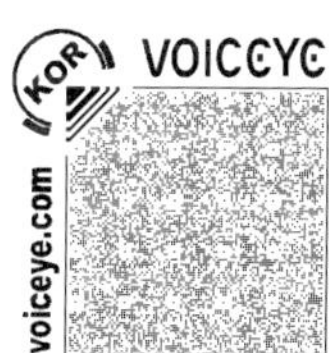

그녀는 가을을 입었습니다

그녀의 원피스에 웃고 있습니다
태엽 시계 바늘처럼 돌고 돌다 멈춘 시간
그녀가 그 가을을 입었습니다
그녀의 원피스 끝자락에서 시작됩니다
하얀 구름 태양의 어깨동무
높은 곳에서 그녀가 입은 가을은
세상을 내려다 봅니다
그 투명한 눈으로 보는 나의 가을은

기억을 먹는 상자

갔으면 갔다고 그림자라도 하나
남겨두고 갈 것이지
기다림의 눈물 이렇게 커졌는데
진흙밭 그 신발 네 것이 아니었을까
울면서 쳐다보았던 기억
저 바다의 끝을 넘어갔네
살아 있기만 바라던 기도 눈물로 흐르고
그 삶의 끝이라도 보고팠던
이 가슴은 투명해질 수 있을까
이제 나는 빈 발걸음으로
너와의 추억을 담는다

잘 가라 나의 아들딸들아

독거(獨居)

창문에 걸린 달빛
네 평 남짓한 공간에
차오르는 냉기
재떨이 안
검게 변한 비석들

폐점 그리고 정리 중

옷걸이에 걸린 연분홍 겨울
싸늘한 거리만큼 영혼 없는 옷소매
훌쩍거리는 콧등을 억누르는 날
형광등 불 빛 아래
가장 아름답던 내 모습

내 배 위에 균일가 만원
기약 없는 그 모습을 바라보는
내일이 몇 번 남지 않은 날
내가 사랑하는 이곳은
폐점 그 두 글자 위로 사라진다

팔리지 않은 영혼은
그저 정리 중

봉숭아 꽃물

또 일 년을 기다려야 해
기억 속에 담겨있던
여름이 지나가고
가슴 속에 담겨있던
겨울이 찾아올 때까지
손톱에 사랑이 번지고 번져
당신이 알아줄 때까지
기다려야 해

손톱에 물든 첫사랑
잘라내고 또 잘라
일 년을 기다려야 해
여름에서 가을
가을에서 겨울
하얀 얼음 속에서도
지워지지 않도록
기다려야 해

엄마의 창

창문 넘어
들려오는 조그만 주문
“잘 다녀와”
상반신만 보이는
창문사진 한 장이
손을 흔든다

하루의 시작과
하루의 끝이
함께하는 그곳
물음표와 느낌표가
바라보는 그곳
“잘 다녀왔어?”

맥놀이

이 숙

덕성여자대학교 및 동대학원 동양화과 졸업
개인전 11회, 부스전 12회, 단체전 98회
해외전 뉴욕 스위스 파리 일본 중국
신흥대학 강사 역임
한국미협 세계미술교류협회 회원

시를 쓸 때는
밥도 안 차린다

Quobba 선인장에게 외 9편

이 숙

미워하지 마라
불평으로 가득한 것이 사람이다
슬퍼하지 마라
끝없는 욕심으로 투정하는 것이 본능이다
적막한 피너클스 쓸쓸함이 보이느냐
서 호주 사막 요정들의 고요함이 들리느냐
바람에 몰아쳐도 견디어내는 선인장
슬프다고 마구 울어 댄다
너와 나 상처의 경계선
사랑이 투쟁으로 울어 댄다
미움으로 원망으로
뾰족한 마음으로 너를 아프게 했다
용서 안에 사랑으로 너를 만나고 싶다

고독

혼자라는 생각
사막의 모래바람 같아
가슴으로 우는 새가 날아 왔다
외로움은 구불구불 산 길 같아
시아가 좁아 나만 보인다

생각이 바쁘지 않은 날엔
천사의 눈물 화분에 물을 준다
오늘도 내일도
또 다른 일상의 반복
가슴에 녹아내린 깨달음의 씨앗
마음으로 정성을 다해 사랑을 심어본다

고독의 꽃으로 내게 따스한 미소로 선물을 준다

짙게 화장한 날

표정 없는 얼굴 드리워진 그림자
더위는 피부 살갗을 따갑게 하고
자꾸만 덧바른 두꺼운 화장

거울 속 나를 닮은 또 다른 여자
삶을 견디느라 생긴 주름살
바람으로 청춘의 그리움 달래고
질투의 오만 덩어리 그러려니 하자

인생은 꽃으로 피워내는 그리운 한 잎
시간은 조각조각 놓여 진 기억의 한 잎
이제야 알았다
습관처럼 화장을 하는 아침에

아픈 이별

나는 매일 기도를 해
생각나지 않아도
잊혀 질까
기억나지 않아도 생각 해
크고 작은 생각의 거미줄
행복할 수 있게 저축을 해

그래서

내 추억을 정리 하고
마음을 다듬고
있는 그대로
지금을 받아들이며 살아
그래야 행복해
절대 남하고 비교 하지 않아

나는 이별이 무서워
아픔이 너무 커
견디지 못할까 봐

혼자일 때 생각하면서

나비

사랑이 찾아 오고
마음 안 검은 구름들은

봄이 오자

나비는 나비끼리
벌은 벌 끼리
새벽길을 떠났다

사람도 끼리끼리
산을 찾아 오르고
새는 창공을 향해 날아갔다

봄이 오자

그저 날개만 퍼드덕 거리고
그리움으로 시간을 보내고
사랑을 찾아 날아간 나비

내 곁에는 벌이 날아왔다

봄꽃

때만 되면 내게 찾아와

햇살이 되고 친구가 되어 주었다

봄비

봄비가 내린다
미세 먼지가 가득해 창문 넘어
바깥 풍경은 뿌연 안개다
아무것도 하고 싶지 않은 날
생각이 나를 괴로움으로 묶는다

살아내야 한다면
외로움으로 초라해지는 일
이제는 없다

아픔의 그림자에 쌓여
어두운 방에 나를 가두는 일
이제는 없다

나를 좋아해주는 이 찾아가 꽃이 되고
하찮게 여기는 들꽃에게 다가가 물을 주고
누군가를 사랑하는 마음만 있다면
먼저 내 마음을 사랑하리라

사막

곱디고운 사막의 능선
모래 한 알 쌓이고 쌓인 산
세월의 흔적 시간이 쌓인 사막
보고 싶었다
어머니 같은 품안
숭고한 대자연 앞에
미움과 상처를 버렸다
나를 사랑 하련다
섭씨 50도를 견디어 내는
너처럼
내 영혼의 맑은 샘물
이곳에 두고 목마름 채우련다

용서의 집

변화무상한 꽃잎을 보라
바람에 떨어지는 마음
미움의 가시 오해로 삼키고
시선이 다른 너와 나의 생각
세월에 녹아 부서진 질투와 편견들
아픈 자국 지우기 위해
용서 앞에 무릎을 꿇었다

각각 모양이 다른 얼굴이듯
마음의 그릇 세모인지 네모인지
이해의 바람으로 다가 오는 사랑
상처와 오만으로 사각기둥 세우고
미움과 증오로 기와집을 덮었지만

그 용서로 만든 대문 열어둔다

사월 화엄사

세월은 피고 지고
바람으로 구름으로 다가왔다
내게 사월은 진달래꽃으로 눈물을 닦는다
구례 화엄사 연꽃등에 소원을 매달고
연푸른 나뭇잎에 가슴을 넣어둔다
비어도 비워도 비워지지 않는 생각
찾아오는 마음에 찌꺼기
나는 화엄사 언덕길을 두리번 거리고
짹짹거리는 구경꾼은 사월을 노래한다

맥놀이

전용숙

《창조문학》 신인상 등단

맥놀이창작동인회 회원

예촌문학 동인회 회장

사랑방시낭송회 회원

시마을 회원, 한국문인협회 회원

시집 『날』

꽃물 진해질수록

저를 기억하라 하네

네모방 외 9편

전 용 숙

낮에도 어두웠을 그 방
들리지 않는 소리로 우는 이 있어
모양도 알 수 없는 형상
벽은 말하지 않았다

밤이 두려운 달
해 뒤로 숨은 그날도
꺼이꺼이 방 네 귀퉁이로
너울너울 울음소리 퍼지던
그래도 벽은 말하지 않았다

그저 위에서 옆에서
사선의 시선이 바라보던
벽 사이에 울던 이
한 뼘씩 다가드는 벽
벽은 왜 말하지 않는가

코끼리 그리기

국방 보안 문제로 압수수색 불허
대통령 기밀 사항 압수수색 불허
무엇이 있기에 어디에 있기에
상상만으로
밤마다 화면 가득 그렸다

어디에 있을 거라고
누군가 숨겼을 거라고
어느 누구의 머릿속을 뒤지는
상상은 새날마다 그림지도를 채워

어제 삼백 건
오늘 천육백 건
어디에 그려두었기에
찾으려던 헛손질 비웃어
우리는 다시 그린다
코끼리 다리 코 그리고
상아

내일이면 확실한 코끼리 볼까
새날의 꿈으로 밤을 채운다

눈·꽃·점

세상이 눈이 되었다
나도 눈이 되어야겠다
딱딱한 것만을 좋아하는 이들
거플처럼 가볍고
아무리 크게 만들고 쌓아도
한 방울 물그림으로 끝나는
나 눈이 되어야겠다

손바닥 위 한 송이
눈·꽃
사라질까 얼굴도 가까이할 수 없어
나도 누군가에 눈이 된다면
그도 나를 이리 보아줄까
접지 못하는 손바닥 위에서
눈·꽃이 춤을 춘다
점. 그 하나로 마음에만 남는
나도 눈이 되어야겠다

좁혀진 보폭들이 딱딱하게 만들어도

오래지 않아 흩어져

역시 눈.꽃.점으로

온통 인어공주가 되어야 끝나는

눈의 나라

꽃의 나라

점의 나라

나도 눈이 되어야겠다

눈 내리는 날

가슴으로 내려와
녹는 줄 모르고
허공에 대고 외치는 소리

손을 내려 감싸 안으면
오롯이 느낄 수 있을 텐데
높은 하늘 바라보며 외치는

옆을 보면 흰 자태 볼 수 있을 것을
어쩌자고 먼 먼 곳 바라봐
정작 녹아내린 눈만 받아 안는가

눈은 저렇게 허공에서 반짝이는데

병상에서

그이 눈길 따라가
그 점에 머물면
삶 어느 순간에 앉아
상처를 만지작만지작

링거처럼 매달려
좀처럼 떨어지지 않는 병
순간순간 바늘보다 따가운
내가 왜 왜 내게...
검은 창 속에 그이가 운다

밥처럼 먹는 약
약처럼 먹어야 하는 밥 밥
흔들리는 마음
흔들리는 시선
병상의 시계는 느릿한 걸음

자는 줄 알았던 이 또 일어난다

동백 지다

비켜 지나는 길 위
빨간 물들인 도로
꺽인 모가지 한 움큼
눈을 돌리게 하지

무성해진 잎만 남기고
밤새 빠지는 머리칼이 되는
초봄의 장례행렬
어쩌자고 떨어진 목만 탓하지

쨍한 푸른 치마폭에
빨강 꽃 몇 점이 떨어진 것뿐
그런데 푸른 하늘은 두고
어쩌자고 떨어진 꽃만 탓하지

세상엔 스러지고 사라진 것
발밑에 무심히 두고 지나는데
어쩌자고 동백 붉은빛은
눈 돌려 보지 못하는 걸까
피었을 땐 그리 사랑했거늘
떨어진 자리 꽃은 서럽기만 하여라

살고 싶지 않았으랴
꺽이지 않고 오래 있고 싶지 않았으랴

꽃길

난 꽃이어라
길 가장자리 엎드려
겨우내 삶 얼었다 녹여 낸
강건한 뿌리의 꽃
피어날 날 꿈꾸는

그대 꽃이어라
먼 하늘 구름으로 피어
바람처럼 떠다닐
만남을 기다리는
날

봄 오고
나 그대 꽃 피어
길 가득 피워내면
그 길 위에 역사 이루니
꽃잎 날리는 길
한 컷 한 컷 담아 지리다

꽃물

꽃물은 꽃을 피웠다는 기억
저마다 한 자락 꽃물 남기고
피고 또 지고
꽃의 흔적은 진하다

비라도 내리면
마음 뿌리까지 내려와
흥건한 자취로
나를 물들여 가며
저를 기억하라 한다

꽃물은 꽃으로 살았다는 유언
자리자리 마다
유언장 밟는 소리
봄날은 간다
꽃물 진해질수록

사월 사이

내가 준 건 시간이었다
꽃 피워 손등 위에
한 잎 떨어질
바람 불어 먼 곳 소식
가슴에 담길
구부정한 정신 바로 세워
새길 바라볼

사월과 나 사이에
진득한 기다림이 없었다면
봄이라 느끼지 못할 날
바람도 그저 성가신 것뿐

저 나무 사이를 돌아온 듯
곁에 선 바람 많은 사월
눈물 흘려도 숨길 수 있어
안개에 갇힌 흐릿한 눈으로
사월을 본다

사월이 내게 준 건
웃으며 눈물 흘리는 얼굴
꽃을 핑계로
울어도 좋다고 허락해 주었다

사월 사이에
난 운다
꽃이 피는 바람 속 거리를 헤매며

인연

기어이 상처가 났다
관계의 매듭 너무 꽁꽁 묶어
용서치 못한 마음 한 자락
길게 그어진 생채기
한 모둠의 누군가 내게서 떠난다
용서할 걸 그랬나
상처 난 자리 아리고
끈적이는 더위는 관계를 밀어냈다

맥놀이

송동현

2001년 시집 『꿈을 펼쳐!』로 작품활동 시작
맥놀이창작동인회, 사랑방시낭송회 회원
도담도담한옥도서관 시창작교실 강사
북디자이너, 도서출판 담장너머 대표
시집 『꿈을 펼쳐!』, 『사랑水』

시골길
몸
춘자 2018. 4. 27
춘자 80
스무 살의 아침
항해
춤
일상은 그들에게도
턱을 고이고
발

춘자씨는
오늘 콩을 심고 싶어
아침을 긁는다

詩골길 외 9편

송 동 현

말을 긁어 두둑을 만든다
골이 깊어 갈수록 높아진다

골 깊은 詩 흐른다
詩源하게 길을 쳐 나간다

몽

작은 의자에 앉아
그녀를 품으면 온 누리 햇살
지내온 시간만큼 숨소리도 같아지고
심장은 서로를 알아본다

하늘이 하얗게 부서져
바람이 품으면 온 누리 눈밭
본능의 시간만큼 나조차도 조각나고
오늘은 신들을 넘어선다

눈 사람 그리고
눈사람
온-
다

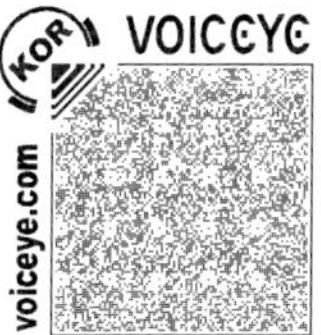

춘자 2018. 4. 27

나무도 버티기 힘들었던 그 겨울
욕설이 네모진 세상 거칠어지고
귀 입 눈 모두 닫고 햇살의 온기만
오늘은 오늘은 제발 기다렸다

하얀 민들레꽃 비를 흠뻑 맞을 무렵
하루 종일 벽만 바라봤다
두 남자의 악수 발걸음 웃음
그들만 넘을 수 있는 선

"백두산을 북으로 가고 싶다"
그 남자만의 바람은 아니다
배낭여행과 산을 좋아하는 춘자 씨
꿈을 이루고 싶다 걷고 걷는

둘이 웃었으니 함께 걷게 해다오
지난했던 그 겨울 그래도 견뎠으니
하얀 홀씨와 같이 보내다오
바람아 등을 밀어다오 더 힘차게

춘자 80

-소리

쭈쭈바 그리고 쫀드기
아빠 지갑 속 만 원짜리 지폐
친구들과 죠리퐁 뽀빠이 웨하스 맛동산
너무 많은 돈이 남아 천원 두 장 동전은 갖고
오천 원과 천 원은 도로 넣었다

그날처럼 무서운 적은 없었다
처음이자 마지막이었던
춘자 씨의 얼굴
부지깽이
댓돌 위
눈물

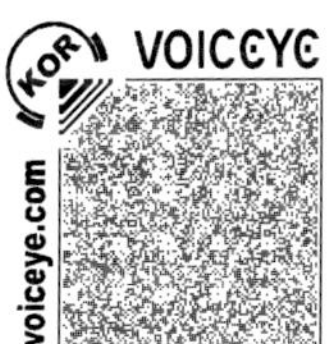

스무 살의 아침

크르릉 거리는 소리 커지는 것은
지금까지의 삶이 더 힘들었음이지
그래도 멈추지 않는 소리 감사해야지

테이블 앞에 둘이 앉은 사람
시원한 냉장고 배를 열어 참이슬을 꺼내며
붉어진 얼굴에 씁쓸한 웃음을 마신다

– 이젠 아프도록 거시기가 커져서 깨는 날은 없어
– 그래도 좋겠다 난 안돼
– 부장은 아파서 그러던데, 아픈 데는 없지?
– 아직은 괜찮은데 서글프지
– 그러게요 그때는 쓸데없이 좋았는데
– 스무살 때는 그랬지 거시기가

붉은 넥타이 매고 퇴근하는 길
파란 넥타이의 하얀 줄무늬 이야기
그들은 크르릉 거리는 뱃속 참이슬을 또 꺼낸다

웃음이 휘청휘청 시간을 그린다
빨간 머리띠 매던 스무 살이 그리운 그들
크르릉 크르릉 소리는 듣지 못한다

항해

물고기는 물을 탓하지 않아
목숨 걸고 깊은 호수의 천적들을 피하고
여울을 넘으며 배가 긁히고 비늘이 벗겨져도
하늘의 태양이 기다리는 곳으로 쉼 없이
몸부림칠 뿐이지 한 순간도
쉬어갈 수는 없는 거야
맑고 깨끗한 태양으로
헤엄칠 뿐이지
돋도 없이

출

모두가 잠들어 아무도 보지 않을 시간에 발이 없어 더 빠른 자동차 부르르 부르릉 몰고 반복되는 날들이 힘겨워 탈출을 시도한다 옷을 벗고 검색대에 가방과 몸을 맡기니 바퀴 접고 날개를 펼쳐 더 빨라진 비행기 작은 의자에 앉아 탈출에 안도하며 잠을 잔다 새로운 세상에선 벙어리가 되었다 들리지도 않는다 한마디씩 다시 말을 배우는 새까만 총의 규칙에 풀죽은 그림자도 땀 흘리는 2월의 여름을 걷는다 까만 줄에서 나오는 산소 하늘에 등 돌리고 물고기들이 노랗게 파랗게 몰려와 넌 주인이 아니다 라고 한다 흐르는 대로 버둥대며 시간의 줄을 타는 체험다이버 뭍으로 끌려 나온다 그곳 사람들에게 새로울 것 없이 매몰되는 또 다른 세상 돈으로 분리수거 되는 사람들의 눈치 소리없이 구른다

조각난 시간을 짜깁기하는 일상 다시 웃음 띤 탈

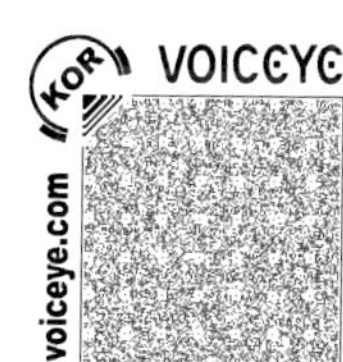

일상은 그들에게도

비가 오는 12월
첫날 아침 훔쳐보기가
시작 됐다

깜깜한 영화관에 숨을 필요 없이
타이베이101빌딩 앞에서 당당하게
누구도 나를 인식하지 않는 곳
자유로움이 생긴다

10% 먹 청 적 차분한 빌딩들
이정표가 보이지 않는 도로
각자의 생활대로 움직이는 담배연기
금연구역이라도 모른척 해주는 경비

그들의 말을 알고 싶지만
아직은 능력 밖에 바람
작은 것까지 그들을 살핀다

진녹색 우체통 한쪽 눈만 뜨고
인형 가방을 멘 어린이들의 재잘거림은
이마에 솟은 묶음 머리 방긋방긋하다

평온한 얼굴 커피 한잔 손에 든
일상은 그들에게도
고단한 듯

턱을 고이고

바람이 불어야 씨앗을 맺는 꽃
더 붉어지는 마음 하늘을 더 파랗게
시린 가슴 옥죄는 조바심
이별을 재촉하는 줄 알면서도
아파도 더 아파도 더 세게 불기를
기도하는 마음 꺼지지 않기를
조심스러운 몸짓 더 작게 쉬는 숨

밤을 기다리며 턱을 고인다

조심스러운 몸짓 더 작게 쉬는 숨
기도하는 마음 꺼지지 않기를
아파도 더 아파도 더 세게 불기를
이별을 재촉하는 줄 알면서도
시린 가슴 옥죄는 조바심
더 붉어지는 마음 하늘을 더 파랗게
바람이 불어줘 씨앗을 맺은 꽃

발

소리 없이
바람이 가라는 데로
선택은 못하지만
4월 흰 꽃을
덮었다
눈

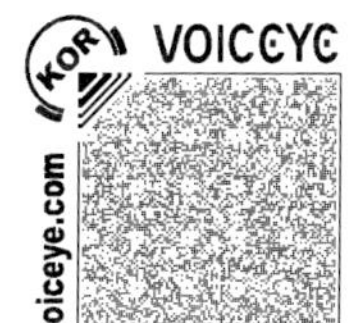

국립중앙도서관 출판예정도서목록(CIP)

시골길 / 저자: 김재현, 최민수, 이숙, 전용숙, 송동현. --
[서울] : 맥놀이창작동인회 ;포천 : 담장너머, 2018
p. ; cm. -- (Over a wall poetry for literary cot
erie ; 15)

ISBN 978-89-92392-53-2 03810 : ₩10000

한국 현대시[韓國現代詩]

811.7-KDC6
895.715-DDC23 CIP2018015775

인지생략

Over a Wall
Poetry for literary coterie
15

2018년 맥놀이창작동인회 제5집

詩골길

2018년 05월 26일 초판 1쇄 인쇄
2018년 06월 02일 초판 1쇄 펴냄

발행인 | 김재현
발행처 | 맥놀이창작동인회
카 페 | cafe.daum.net/Maengnori

펴낸이 | 송계원
디자인 | 송동현 정선
제 작 | 민관홍 박동민 민수환
펴낸곳 | 도서출판 담장너머
등 록 | 2005년 1월 27일 제2-4102
주 소 | 11123 경기도 포천시 화현면 달인동로 89-1
전 화 | 031-533-7680, 010-8776-7660
팩 스 | 031-534-7681
이메일 | overawall@hanmail.net
카 페 | http://cafe.daum.net/overawal

ISBN 89-92392-53-2 03810
값 10,000원

소리로 읽는 책
이 책에는 글을 읽을 수 없는 분들을 위한
점자 · 음성변환용코드가 양면페이지 우측 하단에 있습니다
별도의 시각장애인용 리더기 혹은 스마트폰 보이스아이 어플을 사용하여
즐거운 시 감상이 되기를 바랍니다
voiceye.com